吉侯路立

彝族、90后、四川马边人。北京师范
大学文学院2017级中国现当代文学专
业研究生。第十二届星星大学生诗歌
夏令营学员，获第四届"骆宾王青年
文艺奖"。作品发表于《绿风》《诗
潮》《星星》《诗林》等，入选《青
年诗歌年鉴》（2017年卷）、《每日
一诗》（2016卷）等。

吉侯路立 ——

著

黄昏的祝词

黄河出版传媒集团
阳光出版社

图书在版编目（CIP）数据

黄昏的祝词 / 吉候路立著. -- 银川：阳光出版社，
2020.9
（阳光文库. 8090后诗系）
ISBN 978-7-5525-5555-4

Ⅰ. ①黄… Ⅱ. ①吉… Ⅲ. ①诗集－中国－当代
Ⅳ. ①I227

中国版本图书馆CIP数据核字(2020)第183724号

阳光文库·8090后诗系　　　　　　　　谭五昌　主编
黄昏的祝词　　　　　　　　　　　　吉候路立　著

责任编辑　赵维娟
封面供图　海　男
装帧设计　晨　皓
责任印制　岳建宁

黄河出版传媒集团
阳光出版社　出版发行

出 版 人　薛文斌
地　　址　宁夏银川市北京东路139号出版大厦（750001）
网　　址　http://www.ygchbs.com
网上书店　http://shop129132959.taobao.com
电子信箱　yangguangchubanshe@163.com
邮购电话　0951-5014139
经　　销　全国新华书店
印刷装订　宁夏凤鸣彩印广告有限公司
印刷委托书号　（宁）0018805

开　　本　889 mm×1194 mm　1/32
印　　张　7
字　　数　120千字
版　　次　2020年9月第1版
印　　次　2020年12月第1次印刷
书　　号　ISBN 978-7-5525-5555-4
定　　价　29.80元

编选说明

谭五昌

在中国当代诗歌发展史上，后起诗人群体的流派与文学史命名一直是一个饶有趣味的诗歌现象。自"朦胧诗群体"的流派命名在诗坛获得约定俗成的认可与流布以来，"第三代诗人"、"后朦胧诗群体"、"知识分子诗人"、"民间诗人"、"60后诗人"（也经常被称为"中间代诗人"）、"70后诗人"、"80后诗人"、"90后诗人"等诗歌群体的流派与代际命名，便陆续出现在人们的视野中。如果我们稍微探究一下，不难发现，在这些诗歌流派与代际命名的背后，体现出后起诗人试图摆脱前辈诗人"影响的焦虑"心态，又在更大程度上，体现了他们进入文学史的愿望。这反映出一个极为明显的事实：崛起于每一个历史时期的诗人群体往往会进行代际意义上的自我命名。20世纪80年代中期，以"朦胧诗群体"为假想敌的"第三代诗人"开创了当代诗人群体进行自我代际命名的先河，流风所及，则是21世纪初期70后诗人、80后诗人等青年诗人群体自我代际命名的仿效行为。90后诗人则是在进入21世纪诗歌的第二个十年后对于80后诗人这一代际命名的合乎逻辑的自然延续。

当下，这种以十年为一个独立时间单位所进行的诗歌群体代际命名现象，在诗坛上引起了激烈的争论与内在分歧。从诗学批评或学理层面来看，这种参照社会学概念，并以十年为一个断代的诗歌代际命名方法的确经不起推敲，因为这种做法的一个明显后果便是对当代诗歌史（文学史）研究与叙述的高度简化、武断与主观化。因而，我们对于当代诗歌群体的代际命名问题，应该持严谨的态度。不过，文学史层面的群体、流派与代际命名问题非常复杂，没有行之有效的科学命名方法，也很难达成共识。这足以说明文学史命名的艰难。更为常见的情况是，一个诗歌流派或诗人代际的命名（无论出自诗人之口还是批评家之口），往往是一种策略性的、权宜之计的命名，从中体现出命名的无奈性。如果遵循这种思路，我们便会发现，60后诗人、70后诗人、80后诗人、90后诗人这种诗歌代际命名，也存在其某种意义上的合理性。因为就整体而言，他们的诗歌创作传达出了不同的审美文化代际经验。简单说来，60后诗人骨子里对于宏大叙事与历史意识存在潜意识的集体认同，他们传达的是一种整体主义的审美文化经验。70后诗人则以叛逆、激进的写作姿态试图打破意识形态的束缚（最典型的是"下半身写作"现象），他们在历史认同与个体自由之间剧烈挣扎，极端混杂、矛盾的审美经验使得这一代诗人的写作处于某种过渡状态（当然，其中的少数佼佼者很好地实现了自己的文学抱负）。而80后诗人兴起于21世纪初的文化语境之中，他们这一代的写作则是建立在70后诗人扫除历史障碍的基础上，80后诗人的写作立场真正做到了个人化，他们在文本中可以自由展示自己的个性，没有任何历史包袱，能够在语言、形式与经验领域呈现自己的审美个性，给新世纪的中国新诗提供了充满生机的鲜活经验。继之而起的90后诗人继承了80后诗人历史的个人化的核心审美原则，并在语言形式与情感内容层面，表现出理论上更为自由、开放的可能性。

目前，80后诗人、90后诗人是新世纪中国新诗最为新锐的创作力量，而且这两拨诗人在诗学理念与审美风格上存在较多的交集（简单说来，90后诗人与80后诗人相比最为鲜明的一个特点是：90 后诗人的思想观念更为开放与多元，他们的写作受到新媒体的影响要更为深刻一些）。因而，从客观角度而言，80 后诗人、90 后诗人的诗歌写作颇具文学史价值与意义。

因此，阳光出版社推出《阳光文库·8090 后诗系》，体现了阳光出版社超前的文学史眼光与出版魄力，令人无比钦佩，其价值与意义不言而喻。

2020 年 6 月 25 日（端午节）凌晨 写于北京京师园

目 录

第二辑　我的森林

第一辑 幽人谷

CHAPTER 1

神鸟不死

一位老人告诉我

阿苏拉则的神鸟还没死去

在黑色的字符中鼓翅

古老的彝文才生生不息

我没有向老人问起缘故

神鸟不死，可能出于眷顾

可能出于诸神赐予的使命

或只是一个年过古稀的幻想

但是，神鸟不死终究是一种信仰

是一种希望和告诫

每个古老的文字都有自己的灵魂

当我们怀着敬畏之心

写下祖先的名字时

便能感知不死之鸟的呼吸

我明白神鸟不死的秘密

定是一代代的族人不断将它复活

南方山头的野草

在南方的山头，我愿生为一棵草

能够敏锐地察觉四季，感知昼夜的冷暖

上帝赐予的最美的宁静也莫过如此

听风，淋雨，在午后的阳光中惬意地打盹

不去关心世间那些纷乱的新仇旧恨

只管抓紧脚下的土，用草的姿态站稳

南方山头的草，不用费尽口舌，借一朵花的艳丽

更不必吃尽繁市的尘埃，以获取殷勤的回眸

如果，仅仅作为一棵草的形象

我愿进入你的扉页并获得永久的安息

也愿被飞鸟衔上翠绿的树梢，然后枯干我的一生

我啊，在四季里轮回的轨道上踟蹰行进

却终究养不活山下这座古老而醇厚的村庄

也治愈不了一头沮丧的山羊，最好给予永恒的爱情

为了草的尊严，不必担忧我的疼痛，请燃烧我

为了草的尊严，请尽情收割我的头，盖一间茅屋

为了草的尊严，请潦草带过我的一生，轻描淡写

世界如此之大，而我仅是南方山头的一棵野草

母　亲

她是一个平凡的女人

陈旧的家谱中没有她的名字

但她依旧把家谱倒背如流

她叫曲嫫露罗，她叫曲嫫露罗

在简单的生活里

跟她生命有关的事物寥寥无几

无非是土地、柴火、家畜、孩子和男人

这些重复的事物，耗尽了她的时光

如今，她已两鬓斑白

因过往劳累过度，现已疾病缠身

年过五十后，她才空闲下来总结生命的意义

健康地活着，只要健康地活着

便能更好地关心土地、柴火、家畜、孩子和男人

同时，母亲喜欢唠叨她揣摩了半辈子的经验

吉祥的日子，才能出门、理发、揭瓦……

她知道简单的祝词，也信仰琐碎的日常忌禁

这是我母亲啊

如今，她还无法习惯和忍受在繁华的街市过夜

无法习惯和忍受汽车和飞机的颠簸

她依旧固执地热爱着山里的风，眷顾山里的水

她紧挨着、背靠着故乡洁白的雪山

轻轻讲述着动人的故事，唱着一个女人的生命史

这是我母亲啊，给了我伟大的生命

想起她生下我后，只来得及疼痛了三天

便又匍匐爬进那围困了她多年的三分自留地

我想，当年剪掉我身上脐带的应该不是剪刀，而是天上

的彩虹

风来时，听你说冰雪覆盖

风来时，被时间之签穿透的生命

对你的爱慕以及时光中的恐慌

都将被串联在一起，安静地风干，成土

万物寒暄的灰烬尽头，有我的眷恋

像一颗石头，在夕阳的安抚中，忘记生长

风来时，听你说冰雪覆盖了屋顶

却依然能听见炊烟清脆的呼吸

听见无数次祝福过你的邻居不愿长生的秘密

爬上木梯，就能看见童年飞逝的时光

看见满脸皱纹的母亲，还有你羞涩说出的爱情

风来时，听你说冰雪覆盖，眼下

故乡的河流如果再瘦些，就可以放进木桶

故乡的冬天如果再冰冻些，就可以装进坛子

我费尽了半生，终究不过最念一颗熟谙世事的土豆

在我惆怅的夜晚，不胫而走，喂养我的纸墨

风来时，就听你说冰雪覆盖

索玛花期迟迟未来，却被你绣进我的梦中

石 头

一直认为生命的原型是块石头

这种执念有棱有角并且沉重

遇见陡坡时也有翻滚的冲动和欲望

甚至不在乎高度和速度带来毁灭性的粉碎

我的皮肤干燥、龟裂，也有庄严的黑

想起它们在轻浮的万物中站立，想起太阳

想起一种崇尚坚硬的，诞生的命名

这些石头，是土地繁衍生息的秘密，是希望

我把遗憾和忏悔镶进林中的石头，永远保持痛苦

并和野兽共同呼吸，和蓝天对望

关于身体中石头的幻想，无根却通透空明

似乎使我无限延伸的白色形单影只

而骨头里、血液里，却万马奔腾

向着熊熊的火焰，或成为一座纯净灵魂的城堡

真想做回一块石头，如同青蛙掉进水里

无论逃避还是构建，终究回到自由，回到石头的沉重

做回一块石头，就不必残忍地闭上欲哭的眼

永远保持沉默，思想就从空心里溢出

我也始终相信命运中偶然的滚落

也相信，在人海中向我走来的那位戴着石头的姑娘

亲爱的，你是宇宙哪颗星的陨落，在我最遥远的荒野

时　间

时间是一匹狼

咬伤了爷爷的羊群

它现在

跟着我

跟紧我

一路闻着我的腐朽

黑夜里

我把头蒙住

和时间亲吻

世界会在黑夜的尽头怀孕

也孕育了我的忧伤

时时刻刻

孱弱地告白

时间是死亡鉴定师

我的每一次呼吸

它都在鉴定

为了证明活着

我拼了命地呼吸

吹捧着死亡

时间的裤腿未曾放下

高高的，在天空

屎壳郎翻滚着它的生活

活

雪地里的野兽不再鸣叫

古老的猎枪同孤独一起长眠

蜿蜒的小径上一只蝴蝶很轻

在一个疲惫的梦的尽头

灵魂永远自由，在阳光下

干裂了的鱼鳃同泥沙一起活着

洞穴里的蝙蝠同黑暗一起活着

垂直的风同斜躺的云一起活着

所有美丽的诞生同残酷的流逝一起活着

不可定格，不可谬论，在同一个孤独的点上

沉重的，迁徙了一辈子的脚，留下印

树荫里，清脆的喉咙，陪草枯萎

一只绿色的蛙，把午后的悠闲，放在帘内

　　　　　　俯视，灵动的生灵，升、隐约、消失，一颗星

活，是无法触摸的空透

在孤寂的野草丛里，背着手，消磨

历史没有打扰到抽泣和裸露的石头

还有那条枯干的河流如此瘦长，时间也无法到达

远 行

我从裸露的荒野迁徙而来

孑然一身

向着意识中倾斜的角落

时间在我身后，深深陷进土里

遥远的午后，躲进一个词中

听一只山羊说话，看猫头鹰打盹

继续行走，像成群行走在沙漠的骆驼

被风侵蚀的烙印，是条行走的虫，永远跟随我

我必倒下，但将借出我粗野的呼吸，给一条河

众神的牧场

黄昏，众神聚集在边缘

眼下这无边的牧场上

我遵从意旨，交出自己

坦诚个体的愚昧

坦诚那并不完全善良的灵魂

众神啊，我踩碎了自己的影子

我荒废了我的粮食

永远像孩子一样寻找又失去

但我不必争夺，不必龇牙咧嘴

我应赞颂和敬畏规则

拥护众人晚餐里金黄色的光

铭记不死之身的秘密

这草原上肥嫩的草，触手可及

我和陌生人站在一起，欲言又止

众神啊，你们没有囚禁我

没用可憎的陷阱令我难堪

更没以沉重的筹码压迫

但在你们自由而迷茫的牧场上

我渴望被捕猎，或放牧自己

我来自黑夜

我来自黑夜

我是一团篝火，来自祖先的骨头

我的蓝色，有你的悲伤和诅咒

我来自黑夜

来自古老的故乡，轻盈穿梭于你的森林

为了嘲讽谁的姿态而生，背负着恐惧

我来自黑夜

在接近光荣的地方生长，被风举起

垂直的美，往往消失于这样微小的瞬间

我来自黑夜

无形，有缝隙，不能拥抱我爱的灵魂

一生羁傲的名字，刻入石头，和鸟兽共鸣

我来自黑夜

如果温度低于暮色的渴望，寒是刺

漫长不过如此，不曾熄灭，不曾结冰

我来自黑夜

脆弱的情感，会随一个响亮的口哨走远

孤独的烂漫，装在那无知少年的口袋

我来自黑夜

受难的眼睛，用绝望望向天空

来自人间的质问，从一场战争开始

我来自黑夜

错过的，作为最快的故事，来到梦里

来自天空，无法触碰时，大爱

我来自黑夜，我来自黑夜

仓促，紧迫，成为一道粗糙的光

赤子之爱

晨曦，山野的神灵睡眼惺忪

祖先的美梦在一只鸟的身体中飞翔

我们赤着脚奔跑，跑进梦里

那扇门，长满青苔和野花，打盹的鸟

像极了我毕生写不出的遥远的部分

得到山峰的青睐、云的盛邀后

她情不自禁地用母语对歌，轻如羽翼

她双手捧起溪水，以古老的表情感恩大地

在一望无尽的绿色中，激情尚未枯竭

我们赤身奔跑，在这无人的山野

尽管饥饿的野兽爱我身体流出的鲜血

尽管失足跌入悬崖，令我的骨头蒙羞

但终究不因讽刺和暴力

灵魂永远不被摧毁，永远不被遗忘

我们是被大自然流放的自由的象征

凭借着书中模糊的字迹，我们奔跑

一条路越发清晰，那是我和故乡的脐带

沿着它，寻回最初始的生命

我们放弃一切，用赤子之心，热爱这里

众山之下

众山沉默，玩弄自己的影子

影子里的野兽互相追逐，留下脚印

它们都知道适者生存的秘密

一条奔跑的河，正在吞没两岸

但有一朵花仍旧顽固地绽放着自己

众山的影里，几棵瘦弱的树打了几个冷战

又抖擞精神，挺拔身姿迎接春天的到来

众山之下，那些逐渐失去劳动的老人

他们喜欢掐着日子远眺，握紧手中的烟斗

吐出的烟雾，连同炊烟飘过村庄

劳作归来的妇女，大声地问候邻居

讨论粮食，讨论儿女，看不出任何疲惫

在众山之下，我们不忍心自欺欺人

那些微不足道的事物，都值得我们青睐

深夜，它们会用手指轻轻触碰我们的忧伤

在众山之下，尽是山，无法偏爱其他的事物

发 芽

第一声春雷落在屋后

巨大的坑

我把身体的一部分埋在这里

用黑色的土掩盖

他的烟子已昼夜静默许久

我慵懒地去敲打门窗

寒潮中，那绿色的尸首

不能再以酒待客

我孤独地守望着另一种方式

抵达春天，我相信土地

一只思考的猫

新闻报道

战火再次摧毁那可爱的脸

第五条街道的脚

可怜的，没有跑过空袭

我家那只枯瘦的黑猫

坐在屋顶

思考它这一生抓过的老鼠

夕阳斜照

母亲指着屋顶

病猫病猫

一千个佛沉默的午后

我千里迢迢，双脚沾满人间的灰尘

嘴角挂着生活中油腻的部分

为了在一千个佛异口同声的原谅中获得惊喜

在这蜿蜒的石阶路，我谨慎地数着我和佛之间的距离

来不及最后一个喘息，一千个佛，端坐

他们用砖红色的粗糙的皮肤填满我，毫无防备

这葱郁的森林中，当一千个佛沉默不语时

适合冥想，适合说一些敬畏和虔诚的话

我想起病危中的奶奶，想起一头流泪的鹿

蝉鸣袅绕，当一千个佛把脑袋缩进岩壁时

我有理由相信，这坚硬的岩壁后必然会有一个寺院

每一炷香火里无声的词，会在那里获得他们的考证

山谷钟声回荡时，那些被放生的鸟也睁开眼睛

一千个我站在这里，一千个佛无形、沉默

山和云以及仙人床上迟到的神话都令人敬畏

我曾经见过他们，在一个朝拜者的眼睛里

那个悲悯和痛苦的夜晚，我也抚摸过苍老的伤口

下山的道路，忐忑，我担心山下人声鼎沸

特别是青苔未干的午后，我生命中已知的部分容易跌滑

一千个佛端坐于这葱郁的森林，但沉默不语

一千个苦难的生命走向这里，但欲言又止

一千个佛沉默的午后，我羞耻地许下世俗愿望

寺里的和尚没有告诉过我，祈祷时，不用直视他们的眼睛

火的赞歌

只有在火焰中

我们能看清自己的影子

看清众神的脸庞

火是种子，是木头的葬礼

也是我们身体的归宿

我们从雨中归来

借火的舌头舔干身上的水

我们穿行于深林

火把的眼睛能辨别真伪

如同圣剑在手

在篝火地里

把四肢交给古老的天空

忘却病痛和忧愁

在有火的地方

我们围成了一圈

习惯说一些温暖的话

家族叙事

1

每棵树，都精确长在了命运标记的山头

星星也是，他们伸长了脖子，排着长长的队

在有限的时间里，万物相互寻觅是怎样荒诞的使命

当惊喜姗姗来迟时，选择孤独地坐在对岸

2

塞外的荒凉是一匹马的，你关上窗后

在遥远南方水影的波动中，我多次练习失足

然后问一条鱼，迁徙而去是怎样的痛苦

可是，怕你更像蝴蝶，生命中只出现一次

听闻你的到来我措手不及，反复清理着花园

3

古老的羊皮鼓击碎了一地，有一千双忙碌的手拦住我

看暴雨落地，那些被阻挡的雨水终究都流入了大海

或者我相信，一本未读完的经书更有永恒的魅力

而我也是一幅永不完整的画，不必挂在你的墙角

4

那是一双上帝千年锲而不舍雕刻的眼睛，灵动的神韵
一只老鹰从山顶迅速地俯冲而下，在无关猎物的午后
当地上开出鲜艳的花朵，众神也会写下：家族之光
他们如此真实而可爱，仿佛凝聚了世间所有的善良

无 题

我不会迷路

已经没有这样的森林

能让你苦苦寻找我

那片青竹开过一次花，十年了

不用再羞涩地偷看破土而出的笋

夜深人静，我差点笑出声来

蜘蛛网，我打捞上来

没有一条鱼像你，那天是灰色的

上山时，捡回石头，重复勾画

在吉祥的日子，我们点了火

在吉祥的日子，他们剪去羊毛

在吉祥的日子，我的忧郁，只赞美你

仰望星空的时候，偌大的银河

能渺小到只剩你的眼睛

默念着你的名字，很远，但我没有眨眼

三 月

满城飞扬的柳絮

没法落到你的发梢

融化

于是

我关闭了三月

满窗的喧嚣

也便成了你我的孤独

而屋外，放眼望去

没有一朵雪花

比落在我肩膀上的那朵更美

七 月

雨中

有一首歌

穿越群山

住进我心里

阔别的故人

再次爬过我的窗

靠近心房

屋檐下

这杯七月的酒

敬远方

路过的爱情

朦胧呓语

留给故乡的田

弯刀不弯

今夜没有月亮

分 离

一路追逐

跟随河流，逃跑

脆弱的初衷，危如累卵

但村庄如此倔强

九月，拾到月光

南方在杯底

像极了阿依的影子

我是那首跑不动的生锈的诗

读不读由你

黑土里的预言终将爬起

将我举过我的头顶

我知道

这种方式叫作分离

也叫瞻望！

湖 泊

狂欢夜，众神静穆

燃烧的茼蒿在云层深处开出花蕾

照亮石头和我裸露的湖泊

原野里潜伏半生的眼睛望穿山河

你如果逆流，化为饥渴的鹿来亲吻

我将感恩虔诚的山神，悲悯我的心事

晨曦里，你缺席的影子是秘密

和猫头鹰守候黄昏，分餐我的孤独

在皎洁的月光下

我剽窃万物的神色，点缀你

山风过滤我的生命，递给路人

在流连忘返的途中，他们为你指明方向

我在这里，万物苍茫的缝隙中

但怯懦，躲进白色的雾，当你靠近

夏天后，无法挽留一条远去的河

我被抽离，躺在落叶堆积的神话中

如同一个干燥的词

拾荒者，在狂欢的灰烬拾起我，解剖

密 码

公鸡打鸣，那群人在田野边消失

他们将火把埋进土里，种子

但这不比山涧和森林

必须守口如瓶，不要轻易转身

稻田中的蛙声，得精确踩点

隐藏窸窣的步伐，迅疾

这是南方，雷声中的暗道

是白昼和黑夜的临界点

那些陈旧的命运代码

在茂密植被下秘密生长

来自遥远国度的风中符号

用粗糙的指纹敲打，闪电划破夜空

冰冷的铁站成一排，沉默

号角声中，这是最后一场秘密

所有植物都在争先恐后地生长

田野深处，你的栖息地是绿色的

为了热爱粮食，风暴席卷我

雨后，你的太阳在一扇门后紧掩

在田野深处，我疲惫地带上锁来看你

囚 犯

最后一盏灯熄灭后

我收拾好一整天关心的事物

堆放于身体中的某个角落

反复检查门窗，安全

我坐着，或躺着看它们

喜欢它们整齐而宁静的样子

坐立不安，拉开窗帘的一角

大雨，流浪的动物和人类都湿了

有些不幸的花草也会夭折

我安然无恙，不顾羞愧

世界给我坚固的抽屉或灵龛

我住在这里，固体或粉末

在这漫无边际的黑夜中

我像极了一名被判无期徒刑的囚犯

赶在暴雨袭击之前

慌忙收拾好一整天关心的事物

放好，看着它们熟睡的样子

默默坚守自己的独立和卑微

蝉的王国

这个夏天，王国在绿色的恩典中复原

逝去的光阴和未来的楼宇都在森林中蒙着纱

庄严静候咫尺间的神话，一种珍贵的原型

他们从黑色的土里苏醒，美丽的邂逅

这个夏天，只需抓紧一棵树

然后用生命的本能去感知万物，传递声音

要相信，进入眼睛的精致轮廓，是动人的音符

只要有风，所有歌唱的喉咙都不会消亡

这个夏天短暂吗？

在这热爱生命的节肢动物王国里

足以举行一场旷世难忘的婚礼

在优雅乐章中，献上了生命全部的忠诚

夏天的永恒，属于短暂的南方

绿皮火车，也嚷嚷着经过了村庄

远方的消息，才风尘仆仆而来　　　　　　　

蝉的王国，一场隆重的送别仪式正在举行

幽人谷

凿空众人垒起的墙壁

进入自己的眼睛

才能获得永恒睡眠

而在清醒日

渴望一匹孤独的狼

嗅我血液，狂命扑向我

如果真被咬破

把胜利的旗帜插在它的齿痕

云层下，请别为我占卜

喝祖先最烈的酒，影子不斜

野兽诅咒我，也放过它

我是自己阔别的故人

用山野的佳肴接待

来自天空裂缝的雷电

劈断身体中枯朽的树枝

我奔跑，落下一地灰

世间最善良的，是那绿色

在夏天的枝头爆毁

幽人谷中，母语刻下一个名字

我收养的黑色野蜂知道

春天，在夜深人静时

飞进我的南方，她梦里的花圃

光　影

阳光从窗缝，窥探影子

我躲起来，低头发现，尽是你

拉开窗帘，关上窗帘……

云的腹部藏着雨，漫长分娩

我裹紧了剩余的午后，长久站立

任凭影子，湿淋淋，羞涩

日落西山，像梦的缺口

你是完美飞舞的彩色

一头系在水里，一头牵住我的心

夜幕下，我疲惫地躺在了天空的影子中

光

1

通过影子判断光的方向

它包围了我

在我的肤色中注射火焰

这个夏天，反复跃入水中

整条河，燃得不可遏制

2

布谷鸟吹响第一个号角时

母亲让我站着，假装忙碌也行

这种象征奏效，我就该盯紧明月

我想接近的事物

都没有坐在我的身边

3

九月，玉米褪去干燥的壳

一粒粒籽儿，在粮仓中相认

我躺在故乡的山坡

如同山野脱落的乳牙

被父亲扔上屋顶

在祝词中不安地翻滚

4

最高的峰，离太阳近

无数人拿着绳索，攀登

到达峰顶，跃入时间的深渊

谷底传来星火之光

那是灵魂最后的告白

5

天黑了，萤火虫

躲进盲人的眼睛

无形的万物逐渐显现

天黑了，我削去隐忍的词

蜷缩进这静谧的空间

在火塘微光中，第九个盹

不愿入睡，也不愿醒来

6

锋利的刺，穿透了墙

射穿我的黑暗

孤独，原形毕露

但我离真相更近了一些

7

在劳动之余

撕开身体腐朽的部分

摊晒在阳光里

脱水，是保存之举，但不能发芽

8

人来人往的街头

我只需守住盛酒的杯子

守住灯光和寂寞

只有如此恍惚的范畴中

万物定格，你才完整走向我

9

我用向太阳借来的温度

慷慨地，温暖你的寒冬腊月

不必道谢，我爱你璀璨的双眸

总有一天，我走向你

翻越令人羞涩的光，迷失自我

10

烧一把枯黄的蕨草

神明就收到人间的消息

再往被烧得通红的石头上泼水

祖先们就醒了

这一年，没有咒骂过任何敌人

按照经文指示赐予我们吧

落 幕

凌晨，马路边醒来

酒精带来的快感已经消逝

我和世界

在唯一的闲置中暂时达成协议

我那快三十岁的指头往夜中一摁

便留下我温顺理智的证据

记忆群，如同溃败而归的队伍

城楼下，狼狈地落幕

在这失落的片刻

身体中失去的疆土没有让我悲痛

向善的花朵依然盛开在我的生命中

中间人

在过去和未来之间

在女人和男人之间

在肉体和灵魂之间

在太阳和土地之间

……

谁也不能保证

适可而止的度

自我和忘我间流淌的河

深不见底

我们游到中途戛然而止

一条鱼深深呼吸

抬头望见，盛装的云

无从告知黑与白

我们一直在路上啊

也许接受了神的派遣

我们一直在路上，要找到谁

人 潮

人群，黑色浪潮

袭入我的岸

嘈杂的咸味里

泥沙松动

一叶扁舟浮起

人群，远我而去

被卷走的图案无声

我倚靠在石头上

笃定没有速干的光

拧干自己

晾在湿冷的风中

三十岁的阳光

——给即将奔三的我们

总有那么一个下雨或晴朗的早晨

三十岁的天空，咯吱一声打开

几阵猝不及防的风吹进我们的身体

三十岁，如果是生命的某种过渡仪式

我们诵读自己的家谱，告慰先灵

再把仅有的贫困数据烧碎

庆幸这离风骚和佝偻同时有限的距离

三十岁后，我们仍做烟酒的奴隶

但酒只倒半杯，故事也不能一气呵成

喝醉的人，只要不再砸碎手中的杯

我们仍旧承认他的帝国，赞美他的王冠

过去的门，永远留着缝隙

我们仍旧讨论伪的艺术或女人的线条

在半夜的歌声中沐浴，溅起火花
但力度要渐小，不必打扰无辜的事物

尽量往通俗而不甘平庸的方向定义我们
夏季承担雨的重量，冬季封存雪的冰冷
多种宿命锋利的齿嗅着未知的夜色
我们适合在山脚下安置自己，再爱全世界

三十岁的阳光，从千年之前就已出发
我们站成一排，庄严接受它毫无矜持的亲吻

Z

Z 的时光，雏菊色

清晨的露珠

沉积在她脸上的酒窝里

想说清澈的话

Z 爱穿塑料的白纱

在葱绿的蕨草地迎风起舞时

全世界都看见了她

如你所料，Z 不怕蛇和雨

如你所料，她的时光在山涧流淌

吉祥的日子

Z 戴上了彩色的头帕

素未谋面的爱人啊

动人心弦的马蹄声中

爱情在开始中结束

乡邻乡亲，没有去过海边

说 Z 是海，是蓝色

父亲的旱烟，被吹散的烟雾

遥远的森林，繁殖的万物

古老茶树，她的爱人

漫山遍野的春

都是儿子，务必是儿子

第二辑 | 我的森林

CHAPTER 2

寻

不断追赶自己

过于轻薄，我的羽翼

被古老的蜘蛛网粘住

被无形的黑夜卷走

被遗忘在金色的稻田中

在穿梭时空的黑色骏马背上

脱离了马蹄的声音

几个世纪，双眼不敢松弛

怕某个不经意的颤抖

在某个不起眼的角落里

发现我的兄弟

他住在云朵里，纤尘不染

发现破碎的母语

裹藏着岩洞里祖辈的呼吸

谁教我，推开这破旧的栅栏

蝴蝶振动翅膀，我轻轻归还半个我

我的兄弟，呼之欲出

酒杯就满了，满上酒，酒中就有王的领土

我相信

我相信，一棵草的疼痛
我的孤独，和一只蚂蚁差不多
爬行在生活的脊背上

时间要打盹，夜行的猫头鹰要拐杖
蝈蝈的舌头，是黑暗中打结的词
铭记灯火熄灭，铭记月亮幽冷

我相信，萤火虫是谁的手指，落在风里
被风吹落的不止飘雪，还有故乡的齿
过去的岁月安然端坐于身体黑夜的大街小巷

风雨来时，躲进一颗松果，满地打滚
在缥缈中，被谁拾起，然后永恒地旋转
等知春鸟归来之时，再深深埋进土里

相信今夜，大雨盖过我的稻田　　　

一条流浪的狗在雨中，无家可归

一条干渴的鱼在水里，欣喜若狂

归

1

我的苦闷

身体的宇宙里

只有一些模糊的一闪而过的光

成为我，成为我的

其余虚无的空只是羁绊，令人羞耻

2

悬崖上的小径，是归还之道

我只带上我，和一身洁白的盐

但我热衷于这样的自己，身体听命于灵魂

进入森林后，就褪去一身被人厌恶或赞美的皮

在熟悉的腊月深处，张开肢体

想起发芽的事儿，想起我孵化的石头

一只晚归的鸟飞过村庄，找到巢穴

3

站在高坡，故乡就会变小

一切属于这里的，渺小而具体的事物

河里的鱼是鱼，石头是石头

我无法在此安身立命，我说过太多的谎言

遥远的雪山啊，宿命到底可不可信

在寒气席卷我的发梢之际，我只渴望一把腰刀

4

太阳东起西落，翻过两座最高的山

一只吃草的羊的影子里有无数生长的草

我有理由相信，在汹涌的人群中

执着寻找走向自己的路，永远背对着自己

老人说，年过花甲，应被森林拥抱

老人说，他的影子日夜变短，日渐消瘦

5

备好的行囊中，惊恐、传说、勇气和爱

在黑夜笼罩之时，给深夜歌唱的鸟兽我的血

以咨询身体中潜藏的无法用语言表达的秘密

而宁静中，却不能动弹，生怕使梦偏离

日月星河清晰可见，我只属于这里的今夜

脉搏在这山涧输出河流，却供我浪迹天涯

沉 默

1

面对雪山

真正面对雪山是一种勇气

我怕在春雪融化之后

荒凉的世界，依旧不能发芽

我更宁愿使劲地站着，带着期待

因为我知道

在这样沉默的世界

我们一起站着

不觉突兀，也没有多余

2

仓促的脚，吃掉清晨的露珠

恐慌着，浸透一路

清冷的时间，只要信仰炽热

便不用骑上牧野上的英雄

也能赶上落日

每一个步子，都要诚恳祈祷

在这一望无尽的森林中

我们过于轻巧和渺小

不以粗野的欢喜惊扰四方

3

皮肤感觉到冰冷时

也可能是风的体温

它暴露本质，我隐藏弱点

一棵树摇动，站在离我最近的边

只有我俩时，在这山头

感同身受，更羞涩无语

哽咽间，我想起一些过往

它想起一片火焰

其实，都离我们太远

4

敬畏那些布满皱纹的事物

树上的青苔，石头的裂缝都是

孤独时，它们就会变成命数

白发的爷爷躺在黄昏的角落

一抬头，就会隆起山丘

一群群山羊和孩子，跑来跑去

5

水没日没夜地流淌

从上而下的速度和重量

只有一只青蛙能感受到时间的飞逝

我们刚从苞谷地归来

来不及放下背篓，已对着人生指手画脚

6

沉默时，听见喧嚣

沉默时，欢乐永逝

我的森林

此刻，我们的城市灯火阑珊

我的森林，遥远、缥缈并且漆黑

那里的野兽，眼睛里都发着光

赤裸的脚，穿梭、追逐，峡谷内外

每棵树，倾斜的呼噜声里都有一个猎人

石头，沉重地移动，弯腰喝水

山泉的指尖，细嫩一滑，一把破琴便活了

……

三环，是条孤独的船

在梦的边缘，化作一叶孤舟

承载我失衡的重量，驶向灯火

我的森林遥远啊，在今夜，无处道安

梦 境

星空下，爷爷占卜

那只没有回家的羊，是我

迷失于深谷，深不见底

这是一片古老的原始森林

到处重复循环的风景

我无法标记，我很快被遗忘

在另一层梦境中成为饥饿的狼

行走在烟火殆尽的荒野

黑土之上，没有我的脚印

迷失的羊不止一头

我们没有成为夜色的囊中之物

在某个模糊的交叉路口

幻想遇见一头饥饿的狼

我们相互盯着，像极了对方

我们的沉默，来自同一个身体

来自同一个梦境

在经书背面，徘徊于祖先失算的历史

隐 喻

面对太阳时

不彻底的悲观教人庸碌

贪婪高傲的头颅

轮回着原罪

而穿越时空的生命载体

是匹不羁的骏马

扬起尘埃，落地为土

草原上，被稀释的月光

不肯离去，在零度的光里舞蹈

漫无边际的夜，吞噬了南方

我们奔跑，寻找自己沉重的壳

寻找黑暗中的灵光

那稍纵即逝，随风而去的

必然留下沉默的影子

影子是坚定的身份，也是缘故

我可能不是光明

而是风雪归宿的穴窝

快 递

在这急切的岁月里

你在那遥远的南方

如火焦灼地等待

想想你有多少个难眠的夜晚

我多想把炽热的心

快递给你

地址写在

你会呼吸的每一处荒野

我不会寄错

你也不是徒劳等待

只是

马蹄沾满了灰

一颗戴枷锁的心啊

每一个驿站

都落下笨拙的密码

河

河

不仅载船

也渡送愚昧

向河里丢垃圾的人

把河叫作臭水沟

我们住在河边

我们都是感性的诗人

制造了许多垃圾

夏天就要来了

蚊子，把整条河哭了一遍

故乡的雪

故乡的雪如期而至
在一片白茫茫的土地上
我们离二月挨得更近了些
心头的尘埃也被覆盖

我们站在这个银装素裹的世界
怀揣悲悯之心，相互宽容
当雪积得够厚时
物与物之间的区别变得更小
这一天，他们都崇尚白色
我也想加入他们，成为白色

邻居站在竹林，没有同我说话
应该是害怕震落在枝头熟睡的雪
故乡的雪已经淹没了小路
我年老的爷爷执意出门
他伸向远方的足迹很快又被覆盖

下雪的日子

我羡慕那些冬眠的动物

它们早已存够了粮食，安心进入了梦乡

净身地

我一身黑泥

却不为黑暗而死

阳光 水 鸟兽 青山 石头 森林

我和我的弓箭

在死亡的图腾中奔跑

我的裸体我的骨头我的血

我的思想我的眼泪我的魂

让一切都死在这里

我将超度成鹰

永远守护自由

俯身

这人间最纯净的泉水

洗去贪婪与愚昧

像回归于可爱的婴儿

在您无边的牧场

高声吟诵爱情与善良

诅咒虚无与黑暗

唯有属于这里

我可以是牧人

也可以是羊群

一切的选择和姿态都高贵

接受一切卑微和虔诚

我的诗我的马和我的阳光

狂奔在无限接近的尽头

自由如此珍贵又短暂

我的诗我的马和我的草原

将在希望的边缘消失

但毁灭永远不会成为我的失落

老 钟

灰白色的墙上

匆匆走动的老钟

我只是一个刻度

一生避免不了被轮回指责

我是三点或者九点

是有人出生或者死去的闹钟

表针一指我就拼命作响

顾不上世界纷乱如麻

我一生没有名字

只为等到你

迫不及待提醒你狂欢

我在风中数着

43199、43198、43197······

午 夜

午夜

时间很瘦

天空很矮

陌生人

站在桥上

摘下面具

轻叹遥远的故乡

赤裸的青年

在酒吧

把忧愁留在杯底

午夜的风

吹响

空荡的瓶子

路灯伸长了脖子

不屑地探望

落叶最后的告白

午夜是

一张黝黑的面孔

用天使的笑容

包容故事

午夜是

一张棉被

包裹着爱情

也温暖着死亡

一缕青烟

爷爷的山上养着一棵松树

像他佝偻的背

朝东的年轮悠长而又冷静

爷爷把烟斗摸得光滑

像抚摸他的岁月

日子是雪地上的脚印

在光明里融化

爷爷说烧掉他的房子

肉体只是一座房子

他与青山共存

指路经从未误导山人

从村庄到达山顶

死亡像一场盛宴

灵魂的长度是一缕青烟

在午后，直达云霄

太 阳

太阳

是世间最勤奋的牛

耕耘一世

众生是簇拥在黑暗里的花

等待施舍

想起雨是太阳的眼泪

眼泪是恩惠

乌云是太阳的面罩

有时候，它躲避

为了等待能扒开云朵的幸运者

晨曦、黎明、光明

我们虚无地歌颂

我们忘记太阳是太阳

一切被命名的希望

贪婪地吞噬着它的鲜血

因为它是太阳，成全它的义务

我们忘记祷告，忘记知足，在新的一天

残 缺

一些不可名状的词汇

在幽深的记忆沼泽里沉溺挣扎

人们拼命构架自己的天空

行走在反复生死的时间游戏里

远在故乡的规则没有爬过三道坡

梦想是拼凑的孤独

英雄的勋章带着残缺

坠落深谷的马蹄回响着遗憾

岩壁上历史自刻的痕迹无法复原

贪婪是个孤儿

长着不能飞翔的翅膀

坚强的人类

拖着一身嗷嗷待哺的细胞

永远寻找，寻找粮食

但满足是一条多么漫长的路

如果你能骄傲地毁灭

我们将在你的坟前烧掉整个春天

祭上你最渴望的词汇

你的草原

从未想过玷污一幅画

即使雪白的牙齿沾满过热血

还是坚持把自由

留给指尖最刺痛的温柔

山丘，是我为你踮起的脚尖

你远游的背影苍茫

带走了整个的春天

我的眷恋，像喉咙深处的刀疤

不疼，却唱不出歌声

既然去不了天涯海角

就在风雪里等待

等你踩过的痕迹

长满了绿草

我用我的孤独围起一圈栅栏

这，就是你的草原

而我只是一匹狂傲自喜的孤狼

一生等待猎物

或等待风雪中一把破旧的老枪

母 语

北方是北方的天空

忧愁是忧愁的故乡

乌鸦说着母语

死了　死了

细数这忠诚的悲咒

也数清了自己

风是风的歌谣

云是云的梦

脱口而出的母语

在寒战中收回自己

时间挽着裤腿奔跑

我来不及沉思

母亲和母语

等在信号的边缘

我传递的每个押韵的词

都可以弥补故乡无辜的伤口

一棵扭曲的树

当触摸不到白云

吻不到海的额头

我才开始思考

这一生坚持扭曲的意义

这被赞美过的独树一帜的美

被天空和大海遗忘

不曾留下一只喜爱的枝头之鸟

每一首歌飞过我的头顶

抓紧土地的美德就变得渺小

一棵扭曲的树啊

到不了海边

也穿不透白云

但无论世界有多远

这低首搂抱的姿态

将永远等在风中雨中

宴 会

斟满

你我的寂寞

把所有孤独拿来

在这摇晃的 45 度

嘲讽心酸和痛苦

举杯!

宴请所有

冷落、绝望、愤怒、哀愁、迷惘……

热热闹闹一顿

干杯!

举起身上累赘的肉

喝!

杯底不留一滴寂寞

我们都是朋友!

我们都是朋友!

青春之海

在一望无际的大海

我没来得及被命名

但海域，注定是我的故乡

多少年来，寻找关于自己的海

绵延不尽的海岸线

是我生命的弧线

在每个港口设立出发点

荏苒的光阴会帮我摸索神秘的海况

舵手，铭记着麦哲伦的遗言

喂饱了那些饥渴的海浪

在一次侥幸的逃生后，酩酊大醉

生锈的枪管和发芽的爵士帽

海市蜃楼，是一种方向

我唾弃自己的苟且和自私

任海绵勒紧我岁月的脖子

任巨浪吞没我的血液

在海平面上，发现自己的倒影

接受一场滚烫的骄傲的洗礼后

海水淹没我的头颅

阳光下，体面地漂浮

我坚信，总有一天，是你将我打捞

雨

雨

是一场场的来去

有些属于时间

有些属于地点

只是淋湿了不同的人

雨

是不同的颜色

有些渲染天空

有些粉饰记忆

只是涂鸦了不同的青春

雨

是眼泪的种子

有些结着伤感

有些收割甜蜜

只是被种在了不同的田野

听雨

如同听你的声音

等雨

如同等你的容颜

下雨的世界

我们挤出两个晴天

一个在清晨，一个在黄昏

雨

淋湿了不同的人

天空

再也不能创造我们

共同的患难

我在雨中

你在伞下

荣 光

我们脱光了丑陋的遮蔽

奔向荒野

在寂静的、裸露的夕阳下

同鸟兽狂欢，祭拜自由的魂

但我们即将被训导

视死如归，回到一张纸

我们即将被钉在灰色的墙上

任他们指手画脚

高举着火把人试图看清

我们身体宇宙里易燃的部分

秘 密

从一座城市到另一座城市

身上的感官无法拒绝历史进化的诱惑

在无数个喧嚣和宁静的交替中

走南闯北，翻来覆去

让我成为保卫和掠夺的共同体

我的乡音，清贫如洗

在晨曦里，诚惶诚恐地说出爱情

如鱼得水或力不从心

在这城堡里的回音里，翻越雪山

我来自遥远的郊野

脸上密布着森林和图腾

我将谨慎而炽热地迷恋这座城市

她是我的情人，接纳我一切的野性和过失

这一生，终究活不过一座城市

灰尘中，用我仅剩的意识怀念一种颜色

站在南方星光璀璨的山顶，原谅自己

我想起，她洁白的脖子上，灯火撩人

现 形

过于轻盈的下午

树下乘凉的人扇子一挥我就飞远了

但我毫无防备，陌生人

我们搀扶着，将越到河的对面去

救赎，是来自你我同质的孤独

你每向我挤一滴奶时，我都在逐渐现形

那是我的名字，过于粗糙

在石头上，浮出水面

一只蜻蜓来，但她并非出于爱情

我们再次拥抱，你说让我看看你身体流出的沙

看不见的美

我很难发现她的美

我深陷其中，整日盛装以待

学会了孤独，练习着呐喊

在她辽阔的疆域，翻开嶙峋的石头

这里藏着，或压着

我臃肿的棉衣，童年的乳牙……

我很难发现她的美

我深陷其中，在宽容中滋生

肥胖的夜晚，危机四伏

你的美已不在我的视野

我骑上这长卧不起的河流

为了遇见你，我流向更远的远方

我的名字

站在你对面，我的名字

和摇摇晃晃的祖先们的手

去挽留一片森林和那些没有名字的猴子

在吉祥的日子，白云远去

我的名字，被刻入林中坚硬的巨石

只有一头威猛的野兽懂我，舔尽了我的悲伤

遗弃荒芜的村庄，我将忘记我的名字

往后的子孙也无从问起，谁是鹰的儿子

只有一只守夜的鸟，吞吞吐吐，喊出我的名字

一列火车穿过山洞，轨道传来的声音

正在翻山越岭拼命地猎捕一个名字

苍茫中，我在意你的虔诚，听你叫出我的名字

在色彩斑斓中张望的，善于大声命名的

他们不是我的同伙，任我的光阴流逝

只有一座山峰迷茫地望了我一眼，想叫出我的名字

蝼蚁之家

我狼狈地藏进洞里，没有呼吸

草的根部那么结实，足以夺取性命

延伸千里的黑暗，静静地盯着

你在灿烂的星空之下，明目张胆地狂嚣

不如躲在石头旁边，我们一起来丈量

一生南来北往的距离，那么容易喜怒哀乐

我们一样，多么可怜啊

不如聚在一起，痛苦或欢乐地流泪

嘲笑一切令我们饥渴的、欺骗的、无底的

他们也终究会明白，去热爱世间沉默的部分

山峰和河流，在我们的身体中沉睡

灵魂将围着火，火才是真实的，在河的对岸

听见遥远的幽深的音乐时，你茫然望着我

是的，我们一样，渺小而敏锐

宇宙中每颗陨石坠落时，我们都会疼痛

来自海上的风何时才到这偏暗的角落

拖着残疾的预知，我们聚在一起

多么可怜，不如聚在一起，痛苦或欢乐地流泪

要知道，我们如此渺小，曾多次被命名，被流放

月光泻落在这个村庄

月亮如期出现，他们熄灭残留的灯火

当月光泻落在这个村庄

树下的黄牛开始反刍胃里倒出的食物

在牙齿清脆的碰撞声里，月夜似水

母亲一生热爱粮食

却进食以度，生怕打嗝，生怕哽咽

当月光泻落在这个村庄

一条多疑的狗拴着绳索，不小心暴露孤独

皎洁的月夜深处，有生命坠入而亡

酒后酣睡的男人，梦见一头野鹿的泪滴

月光下，河里没有一滴水回流

下游的鱼往上跳了几里，这里没有野猫

当月光泻落在这个村庄

所有植物和石头都在偷偷生长

阿果偷偷取出镜子，今夜她已十七

泥泞的路，穿过竹林时，山峦未醒

春天，索玛花开，被抛出的蕾，那是神的眷恋

力 量

路过一片森林

头顶，一只啄木鸟用坚硬的嘴

敲击着古树，落在我肩上的屑

古老的木香，如此细密的雪

我见过，在遥远的南方

兰德金矿的采矿工人不知疲倦地

用黝黑的肌肉，敲碎石头

飞舞的火花，像谷底向上的闪电

热爱生命的力量，让世界坚硬的部分成为艺术

身体内外与大海

人们的生活，以惊人的速度繁殖

在凌晨三点的深海倒影里，骨瘦如柴

我和他们一样，用我孤独的身体

在这旷野中，永远索求和受难

今夜，身体中的虫子在翻来覆去

咀嚼着我残剩的梦幻

成千上万只蚂蚁抬起我的身体，吆喝声中

我狂傲的一生，仅剩一棵蕨草

想起一只猫，用窸窣的步子漫入冬季

还有刚褪去皮的蛇，山洞中猴子的头颅

想起断壁残垣中一头辛勤耕耘的牛

用长满茧的手敲锣打鼓，偶尔飞檐走壁

我们站在灯塔下，遥望大海

一切被我们亲手放生的，都扬帆归来

在最后一波浪涛中，我念念不忘

那些沉入海底的，绝望和痛苦不堪的声音

死 神

医院里坐满了死神

他们张望，又窃窃私语

起身，同病入膏肓的孤独拥抱

同病人的每一次呻吟亲吻

在黑色仪式的诱导中

谁的儿子先越过对面的山冈？

离开自己寄居已久的身体

他们一生忙碌、遵从或叛逆

为了让身体持久热爱他们所爱

为了奴役而被奴役

那些幼小的生命不懂得拒绝

被烙上死亡孤独的影子

那些年过花甲的老人输着点滴

像极了一件灰色的缝缝补补的衣裳

每个病人旁边都坐着一个死神

他们专注、冷静、深幽

面朝落日时，像极了牧羊的老人

山下，那群羊呼来喝去，拼命地吃草

旧 诗

背负一堆废弃的旧诗

锈迹斑斑的，被淘汰的命运

孤独的前世，已到火化场

烈日下灼伤的鼓声向北

黑色的墨迹，没有亲人的哀悼

在火炉里，被滚烫地终结

那些灰烬，站在一起，没有呻吟

遥远的荒野深处，一只喜鹊

疼痛地，叫唤了两声

我想好了立碑，并写上：火焰之歌

第三辑 无名之地

CHAPTER 3

巨 像

我安分地坐在那些从画布里活过来的灵魂边

害怕发出声音，害怕被拐进梦里

他们双脚透露着无数个黑夜，倾盆而下

在仪式的尾声中冲毁阻塞的淤泥和堤坝

夹缝里，他们扔下的最后一根骨头上没有蚂蚁

没有齿痕，也不能变成蓝色的火焰

他们趁夜不眠地互相防备，期待对方发出咳嗽

或忍俊不禁地，嘲笑这拥挤的天堂

当大地伸出的爪子已经高过他们的头颅

河水倒挂在苍老的岩壁上，用蛇的眼眸探望

只有我如此通俗易懂，很快就被识破

但神明也不能相信，我那自画像中藏匿的闪电

他们只知道，一笔笔勾勒的皮肤

那个肥胖的婴儿是我，吮吸爱我的生命

那个用土捏的，走不动的山羊也是我，不爱青草

谁也不能明白，每一粒有颜色的神情

在我巨像的半山腰，用火祭祀我跌落的最后一刻

告诉他们，我并没有被完成，我无法完整

一篓纸的幻想

灯下，纸篓中

未成形的孤独来不及取名字

时间如此褶皱，一眼望去

杜鹃花的乳牙，咬住过往的耳朵

每说一句想你都在流血

拉开午夜抽屉，大河涌出

赤裸站在对岸的，是一条彩色的鱼

而我却游荡了整个山涧，用卑鄙的肢体

嘬一口苦水，一座山便醒了

鹧鸪声声刺绣，母亲的掌纹是一面旗

在风中，抛下两块命运之石

灵魂太薄，一湿就透

生了锈的铁环滚两步就滑了

不可捉摸，那两行青涩的比喻

跌落在街头一角的白纸上

来不及踌躇，登上虚荣之途

隆隆远行的心跳声，在故乡的耳朵里回响

如果风够得着

1

把一堆旧事放在阳台晾干

如果风够得着，会吹开新的伤口

把每次疼痛折叠成诗

塞进你的梦里，或流放到你的边疆

如果风够得着，不宜等候

2

现在该拿什么向你炫耀

除了几颗土豆和一身黝黑

还有一双正在练习孤独的眼睛

如果风够得着

你贫瘠的背上也开满了索马

3

骑士的荣誉从海底发出光芒

无形的剑，藏在坚硬的头颅里

王者踩碎鬼魅的声音，翻越父亲的墙

如果风够得着，永远把房子镶嵌在悬崖上

4

生命的狂欢，都在人们的意料之外

阐释带着孱弱的注脚舞蹈

一支抽了二十年的旱烟是思索的炊烟

如果风够得着，生命燃烧殆尽

我会成为一阵风，回到你的村庄

5

路过蔚蓝色的大海，你的眼睛深蓝色

路过葱郁的森林，你的长发在雨中湿润光泽

如果风够得着，我永远不会向你说出

我们之间的距离，有山有水，在风的行程之中

搅 拌

搅拌机张开大嘴

黝黑的妇女挥臂揣起

一铁锹的逼迫

一铁锹的白银

喂养了一座伟大的城堡

时间排出的粪便

被敷在厚厚的红砖的脸上

泛起一洼羞涩

空地上站着

对着生活傻笑的

两种人类

像被天空搅拌过

诗人的缘故

那时候

月亮是我的

大我二十的阿惹（表妹）

也是我的

如今

月亮和阿惹属于故乡

属于诗人

我知道

时光不能轮回

于是我孤独地拿起笔

坐在灯下

愿

愿森林跟我说话

愿太阳陪同着我

愿溪水从我的眼里流出

愿鸟儿住在我的发丝中歌唱

愿孤独唤醒我

万恶的血，流成河，被风侵蚀

再一次，皮锣鼓，淹没我们的姿态

风来时，我们弯下腰，致敬向上的草

在不断的交替中，我们交出自己

并且永远活着，一切踩成碎片的声音

用时间的绷带缠住，记忆和贫困的谎言

让回溯的碎片沉淀，流动着，像蛇

无法战胜，是战士最烈的酒

愿，肩膀在冬天沉睡，在春天发芽

愿，被子弹穿透的皮肤，是城堡的墙

愿，我们有座自己的监狱，并从中获得自由

夜 曲

贫困和孤独，爱情和死亡

在午夜得到平衡

被诅咒的，显得轻瘦

被祝福的，熟透，挂在树上

不论惶恐、抵触、迷失、癫狂

被安抚的，终将回到原点

那些杀人的手，被漆上厚厚的颜色

那些孤独的灵魂，长出了翅膀

黑夜爬至此处，标记，用你长生的眸

三十公里，用笨重的血液，用痴迷的手

永远为你辩证，进入你眼睛的将成为你的生命

包括这浓浓的夜，以及蜘蛛吐丝的声音

郊外的轨道上，幽灵的舌头、竹林和铁塔

都在某个人的腹口，成型中伴随着受难

未来的生命中有一朵花，痛苦就不至于害命

对 折

无声的词

喂养了肥胖的时间

磕碎的角

掩埋了驰骋的英雄

一只飞去的白鹤和湖中沉睡的鱼

在黄昏的诗行里，都有自己的壳

冥想一汪被自然祝福过的水

在一头悲伤的长颈鹿眼里打转

选择，不能成为绿色，或在枯叶下

战争中，残酷的速度惊人

证词模糊，宣章明亮，头上的土

赤裸的和布满刺的疯狂抱在一起

细嫩的，是那些被折断在半路的童话

肉身和存在，火来时，被一朵云终结

上帝从不做选择，他阅览一本书，然后对折

喧嚣的边缘

最苍茫处，一切复活

最纯净处，一切破碎

最黑暗中，一切燃为灰烬

紧抱一棵古树，蝉鸣绕着年轮

一滴透明绿色下，羞怯地褪去老皮

然后跟随一群鸟，消失

在没有路的地方，我们才获得了珍贵的自由

脚底深处，也飘过天空

为一泓山泉老泪纵横，并长出尾巴

把房子流放在无人管制的细长中

回到你的宴席，我们举起杯子

活在好几千公里外，咬碎了齿，却词不达意

今夜，整座喧嚣的城市，都在为我招魂

我为他们祈祷

午后，坐在窗口

看众神把整日的历史赶向西边

黑暗中有太多痛苦的可能

我是一个善良的人

为我眼睛里瞬息万变的影子沉默

每当疲倦地合上眼

就听见万物向我咒骂：愚钝

悼念一只在荒野死去的猫

它抱着一朵玫瑰死去

在这静谧的午后，落叶飘零

僵硬的身体贴紧了黄昏冰冷的土地

谁也不知道是爱，或是恐惧

陌生情侣的脚步声，回荡在这片森林时

可惜啊，它再不能捏住拳头，或跳跃

我们庸俗亲切地，把这荒野称为沦落之地

却扼杀了孤独高贵的自由

它曾在最坚硬的石头上接受阳光

它曾在最柔和的绿草中冥想大海

它曾把生活的旗帜插在树的枝头

……

它抱着一朵玫瑰死去了

那片南去的云朵，也许就是它的爱人

以生命的名义，给它一个陌生又温暖的旋律

像电流，流过它怜悯的指爪和眼睛

灯光　狐步舞　清脆的碰杯声

阳光　海水　帆船　微风

让它抱着这朵玫瑰，同天上的星星、地上的水

永远在这季节中轻轻地舞蹈

把身体归还给森林

在庄严的秋风仪式感中，腐烂

灵魂，跟着南飞的云朵升起

它抱着一朵玫瑰，活着

一朵玫瑰，此生的爱，绰绰有余

乡 愁

乡愁

是埋在土里的回忆

是爷爷粉碎的骨头

乡愁

是种在山里的符号

是乡邻粗糙的土豆

乡愁

是我的膏药

是我的伤痕

我以为故乡不会长大

那些被我驱赶的野兽

如今又回到了你的身边

乡愁啊

我是你舌头半醉时喊出的痛苦的名字

逝

黑夜来临，捧出身体虔诚地祭祀

当光芒再次刺入我的双眼，我毫无悲伤

欣然接受我爱的焕然一新的一切

无形的笼子罩着，注定了毕生的缺陷

教我唯爱咫尺的风云

他们驶向远方，带走尘埃和岁月

一只绽放绚烂生命的蜉蝣

从一片正在雨中腐朽的叶子上爬过

也飞过厚厚的墙，脱落了几串古老的符号

我依然没有读懂，因为没有脚印

但我迟钝而又骄傲地预知着

在我遥远的蓝图中，他们都会消失

那口古老的井缩紧了骨头，守口如瓶

在时间中悄然瓦解的事物如此沉默

我若有所思躺于其间，试图得到释怀和救赎

在伟大的别离仪式中，我羞涩而孤独地站立

对逝去的一切，唯恐发出善良的告别

远去的路口，任一瓣薄薄的樱花轻落在我的肩膀

老人之死

67 岁的老人是一棵树

树上爬满了预言和讣告

每次为儿孙发的芽

都伴着骨头粉碎的声音

最后一片叶子落下的时候

火塘里的土豆才半生半熟

黄昏，九块开花的石头，开在彼岸

把这余香放进一段坚贞的竹节里

来年的春天，为它送行

盘旋的乌鸦，是黑暗的使者

在千古的祭坛

把死亡演绎成婀娜诱人的舞蹈

但不必杀死这样一只乌鸦

因为黑暗不能蒙蔽人们的眼睛

关于老人死亡的哀伤

也不必持续太久

因为洁白的羊群即将归来

河 边

太阳淹没到脖子

风剪碎了杨柳思念的尾巴

跳广场舞的大婶

收割了最后一丝阳光

栏杆上的心事

刚好半湿半干

几只来自欧洲的苍蝇

选择在这里投河

拱桥上陌生人编制的舞

在《诗经》的影子里倒塌

河边站满了人

没人伸手拉我一把

阿依莫突然说

别胡思乱想，认真做一条鱼

孤 儿

把风塞满耳朵

在嘈杂的人浪里接受你的悲哀

聆听一棵蕨草的自由和孤独

这是一场错卜的祭祀

生命和平的契约远在感知的边缘

我和你一样不安，苦行苦思

可是弟弟啊

愚昧尚未退出我的灵魂

我那几首短舌的诗到达不了你的凉山

成为你镰刀下的一片绿草

每夜的月光下

噩梦里的野兽嗅到你的身边

观摩娇小的生命如何被宇宙的齿轮碾碎

一切展望就脆得像雪

可是弟弟啊

村庄里没有孤儿呀

我们只有一个永恒不死的父亲

我们的生命只属于永恒的天空和陆地

痛苦教会了我们成为勇士

穿上草鞋，与毒蛇搏斗

回跑一个世纪或向前一个世纪

那山涧里没被诠释的石头

会在童真的麦地里开花结果

窗 口

六楼阳台的窗子一天没关

窗外树上巢中的小鸟

张了一下午的嘴

焦灼等待母亲的食物

我趴着，点燃最后一支烟

和体内的肺打了打招呼

把心事，举在风中

虽然没有障碍

我们还是看不到城市外围的墙

黄昏了，我们不敢把头伸得太远

无名之地

坠入一种黑色

赶路的队伍旋转骨头

半桶水，正在出井

倒入世界空虚的碗里

迷途中的人迷醉

在无名之地，失禁

好大一场火熄灭

那些石头很热，起了雾

林中，没被找到的人是谁？

谜

我努力拼凑我的生命

用图腾

用矛与盾

用苏格拉底

用普罗修斯

......

这是我

生身母亲已经不能识辨

我在夜间，借鸟的眼睛

飞向原始迁徙部落的洞穴

用祖先赤裸的双脚计算抵达的可能

我的肤色像极了悬崖

也像天空和陆地

这是父亲缔造的最纯粹的武器

适合野外的追逐

我在西南一隅等待

带着一把上满膛的枪

但未曾扣动扳机

幻想爱情是一只不死的鸟

从我的虎口脱险

太阳寻不到我

我是崖壁上最神秘的符号

判 决

洗衣机里被搅乱的衣物

纠缠成团

那个藏污纳垢的人

将它们撕扯开来

晒在阳光下

它们露出皱巴巴的笑容

永不屈服，充满讽刺

它们整整齐齐

在衣架上挂成一排

如同绞刑场上的悲剧

我替它们想过，何罪之有？

绣 花

记忆中，有根绣花针

日夜不停地刺绣无名的花朵

年轻女孩的指尖上，三种颜色

来回渲染村庄的天空

一场雨后，以爱的名义盛开

杜鹃，安静地修理羽毛

云朵也清闲地漫步

但在春意盎然的山丘

一朵花无法孤芳自赏

年轻的女孩们聚在半山腰

继续拿出永远绣不完整的绣花

在这个晴朗的午后

不知道是谁，猝不及防地谈起了心事

播 种

这是播种的季节
族人们的祭祀刚刚开始
祈福的词，关心风雨和土地

山坡成群的牛羊
很快忘记它们熬过的寒冬
羞涩地讨论繁衍的愿望

土豆钻进地里
咬定了关于翅膀的幻想
在非理性的范畴中生生不息

我爱黄昏，并非慵懒
只是热爱聆听一颗种子
讲述自己的故事

我也热衷于虚构和嫁接

祖先的门牙，早已化成石

这个季节，万物都能吐出嫩芽吗?

破碎的词

天神骤然降临

你和我躲在三公里外的草屋里

不能恋爱

骑了二十年的骏马莫名死去

我飘在高空不能下来

你的百褶裙皱巴巴的

不能成为我的避难所

我绝望着

把爱情刻入你忠贞的眼里

走到童年时哺育我的这口枯井边

祈求一场大火永远燃烧

永远地把我燃烧

你也远远地看见

或擒拿我的灵魂

用来和那些吃人的魔鬼相提并论

黑 夜

你敲锣打鼓，在西界张牙舞爪

你蜷缩在光明的背后，苟且偷生

一声呼唤，勾走游离的灵魂

我闭上眼

我看见你了

看得比白天还要清楚

可我怎么看不清她的表情

更听不见她的啜泣

夜啊夜

从这个黎明开始

你隐藏于洞穴里山谷里

直到黄昏，才露出你的尖锐的门牙

以及黑色的尾巴

人们得用璀璨的鬼火迎接

像祭奠一场使人狂欢的灾难

我关上灯

我看见你了

看得比白天还要明白

偷窃、暗杀、阴谋、孤独

那些穿梭在巷子的没有面孔的身影

夜啊夜

你的魅影从大西洋开始

飘过高山流水，抚摸垂死的生灵

你的舌头不留一点缝隙，舔吻战争的鲜血

你来了，屠夫已经收工，夜莺上岗

坟墓园里接着派对

我睁开眼

我看见你了

人们都看见你了

他们相爱又相离

夜啊夜

你来了，拄着黄昏摒弃的拐杖来了

你在掩饰那些无耻的裸露

我打开灯

我看见你了

所有的眼睛都看见你了

你迷离、矛盾的眼神，望着

一千个太阳，一千个儿子

涌入你的迷宫，一场伟大的破坏

繁 华

无处栖息

坐在钢筋混凝土边上憧憬

鸟的姿态

作为孤独的风景很美

我飞过你的窗台

你的时针不急不慢

蜷缩

在深潭一角的腐草堆

鸟的姿态

和人的姿态差不多

在黄昏时微微倾斜

我是会飞的雄鹰

但不嘲讽池中无翅的游鱼

夜深了

城市不会睡觉

我闭上眼

只是为了梦见

那些美丽的山峰

拯救一棵树

你在风雨中流产

两千年的宝石破碎了一地

你依然在风中

是墓中不能怀孕的女人

我写下几片关于绿色的叶子

是你头上的绿蝶

我相信

这是天地浓缩的精华

在吉祥的日子，足以使你怀孕

我不能带走一条河流

从史牧波惹山脉淌下的溪水

是乡邻们讨论过的最深刻的哲学

它日夜流淌在每个人的梦中

他们说永不枯竭的海，是溪水的源头

所以敬畏，以免泛滥成灾

这条亘古恒流的河，永葆青春

延河的森林和石头装饰了它的年龄

童年时光，它是来自大自然的天使

而我们是来去自如的野鸭

父亲说，没有河流的故乡便没有灵魂

但我只明白没有河流便没有鱼

我们未曾关心它终究会流向何方

但我们热爱流过我们身体的每一滴水

如今，我终于明白山里没有大海

大海在远方，在童年时光的尽头

我也终究无法厮守这样一条河流

更不能带走这样一条河流

一个泛滥成灾的梦里
它在我身体的某个山头突然转了个弯

碎 片

1

松手放线，风筝爬过最高的建筑

在拥挤的人潮中，他说自由

2

天空落下来的词汇如此沉重

无法完成，愉悦的叙事

3

落在生命大海里的人，畅游

陷于时间淤潭里的人，却不敢挣扎

4

所有的寄生虫，蠕动

在地球深度睡眠的夜晚

5

在迷宫里，那个长发的背影是个骷髅

把呼吸借给他，为我指明方向，痛哭

6

成群归来的大雁，无声

为我们衔来了另一头的春意和一些陌生的面孔

7

回到森林，做回一头野兽

爱护每朵花，抚慰每个生命

8

火车涌入隧洞，时间之词

陈旧的往事，被洞里的老鼠啃了半边

9

刽子手，手中的时间，这利器磨得锋利

把每一次稍纵即逝的快感误认为是猎物

10

深爱它并逃避它，在光滑的岁月里

我们把孤独深埋在冰冷的雪里，谁都怕，融

11

世界之物同时进退，即便滞留，也滚动

所有陌生的，将和我们站在一起，繁衍万物

12

目不转睛地盯着，一生就变得漫长恐惧

一股风，不计行程，在遇见阻碍时，发出嘶吼

13

暴风来时，土地离我们最近

像一棵树，不会因为受到威胁而逃离

14

热衷于生命中被定义的符号和置换的瞬间

热衷于个体被赋予的委婉表述，我们受到欺骗，又向往

夜 路

恐惧来时，我不及一只仓鼠

一抔黄土，挡住就挡住了岁月之眼

这条黑色的路，长达二十多年

山谷神秘而沉重的幻想，在我的背上

耳朵的故事往往比眼睛残忍

行走，捡起一块石头，不能回头

这是命，也是武器

当心塞住喉咙时，你的脸变得陌生

更令人窒息的是我怕躺在你的脚下

用一块黑色的布，盖住所有我要说的

这个夜晚，满天星斗，我们静谧地挨着

忐忑时，你的呼吸声最远，也最幽深

我陷入的不是黑夜，而是一面镜子

双手在它的背后扑空，一切都消失

狂奔在风中的铃铛声里，和一只敏锐的狗对话

我的故事，开始变得短促

这条路，用四十五度仰望的目光追随

藏在山顶的光，会让我渺小、轻盈

从我的脚到黎明的距离，需要三把火

温暖的火坑边上，我的诞生

以及一路重复的宣言，让我蜷缩到火里

洪 水

雨下紧了，变成河流
推倒我身体的墙，破门而入

轻浮的事物漂出表面
唯独你的面孔，沉入河底
你将属于大海，你本属于大海

无论你是海底的珍珠或游鱼
你终究需要回到这样的自由
摆动你身上的鳍或发出你的光

洪水过境，这狼藉的空间
曾爱惜过你，也困住过自己

第四辑 | 荞麦地里的歌声

CHAPTER 4

八 月

八月，属于天空或我们不重要了

重要的是，八月的植被足以呵护幻想

我们才能和盘托出，变成隐秘的种子

后来，我深入土里，你开出了花

八月沉积在月底的云，更早到达九月

我的盘缠只能带我回到风中

变得轻逸，八月已经悄然过去

一只流浪猫突然回家，瘦掉了整个季节

我在疼痛难忍的齿间做了不少决定

八月的修辞从瓶口反复倒出，独饮

我们都不知道，万物意识里我们的颜色

在八月尽头的人群里，我踮起脚，望了望南方

岸 边

我们到了，但还很远

一定要跨过这条河流吗

对岸，不知道是你或是我

脚上的铃铛时刻作响

我们顾不上禁忌报上了姓名

众神的影子，为我们遮羞

如果沿着河向东，转弯的地方

想起，南方还没熟透的果子

这个季节众所周知

所有事物都在事物里结束

所有时间都在时间里终结

祭祀的圣火，被点燃，然后被熄灭

一棵树的枯萎

我并没有

足够坚硬的根须

为喜爱的事物

肆意扩张

它们随风而去

又穿透我

在生命的盲区

渐行渐远

我诚惶诚恐地四顾

大地用裂开的嘴

残忍咬断自己的脉搏

途 中

路边一闪而过的广告
都不能吸引我
无我，无我是全世界

只记得在神话末端
我们变成鸟
然后被稻草人劝退

我引经据典论证
过去有无限的粮仓
未来很短暂

一杯茶后
我们变成那一代人
但不知道能不能变成星星

决定扮演一个角色时

我已经死了，黑暗

我们没有说破的词是太阳

狂想曲

生命无人区

孤冷崖壁上的索玛

是最后的春天

灵性的命运江河里

我愿化作一条笨重的鱼

被你垂钓，死于岸边

身体中起伏的疆土

接受你自由奔腾

或驻足夕阳

……

但这撩人的夜色里

我甚至不能爱你

宠 物

我甚至……

嫉妒一只无辜的猫

它不与老鼠为敌

不与同类暧昧

它不用手捧玫瑰

不用相思疾苦

……

世界多么荒诞

它赢得了你

部落的行者

深夜醒来，整座部落更小、更偏
只有万物陷入酣睡时，脱下披毡，轻声说爱你

路边喝醉的强盗和马酣睡，但我不能吹响口哨
天空很高，无法打听一只夜莺的消息

东边那一片山峰是我的，都取了你爱的名字
我放牧牛羊在此，腰间配刀，固执守卫

如果能为你戴上口弦，来生你还在吗
你不能拒绝，毕竟花费了我余生的心血

我穿过河流，夜空七星点缀，你的眼睛
这个夜晚注定孤独，孤独的树上，你的光

如何让山间冰冷的风俯首称臣，离你而去
突然想起，去年你眉梢上的雪是否已经融化

我是部落的夜行者，是你永远的宾客

我爱黑色，爱你苦荞秘制的肌肤

鸣虫记

它们住在我耳朵里

盗取我隐秘的野火

再用指头点燃人间那片刻安宁

在黑色的风中，跺脚

我尚未熟透的，已落一地

它们不曾停过

银色指甲划过我左边胸口

叫疼时，它们又消失

它们齐坐在时间绳索上

塞满凌晨三点空荡的谷

我是溢出的部分，没被接住

……

到底谁养育了我们

在欢喜或孤寂的牧场

用不同的知觉，盯紧了这夜色

在流逝的风中，田拉

1

怎么开始？如何张开嘴，让那些盘踞而上的风……

田拉站在这里，山涧泉水流动，孤烟悠然

卑微的悟性，来自成群而来的飞雁，来自风餐露宿的灵魂

田拉站在这里，永恒始于万物足下峥嵘的瞬间，春日恍惚，

秋夜苍黄

但形单影只，于地上的草，于天上的星，这种本质显然区

别于爱

2

田拉的面孔，注定刺满了日月，爬满了图腾

他的耳边定有狩猎的风，背上定有沉重的骨头，洁白、沉重

逝去的族人，在田拉欢庆的节日中回来，和众神通宵达旦

墙上弯曲的字符，在不计其数的繁华笙箫的夜里保持尊贵

的缄默

田拉用史牧波惹流下的水酝酿了岁月，足足八杯，才能和

巍峨的山相拥而泣

3

今夜，田拉穿梭在时间的巷子，身体里充满缝隙与悲悯

沿着城市的每一处关节敲碎了的声音，来自遥远的一匹

野马的帝国

风早把踟蹰的万物鞭策在头顶的密布乌云之中，这有

田拉的影子，蘸着露水

拾荒者捡起的碎片在熙熙攘攘的十字路口，感性地阐释

着生活的异端

在井然有序的世界里，一种断裂或阻隔总是在左右

这是身体枯黄的本质

酒后醒来的风，真的能带走一切吗？比如一些根深蒂固

或刻骨铭心的……

4

一群狼在色彩斑斓中撕裂，用炽热的光掏空自己，轻得

像融化的谜

田拉的猎物是一间白色的房，储藏冬天炮制的光，夏天

蓬乱的雨

而梦是石头，渴望坡度，身体中生长的欲望，淹没、粉碎

变得圆滑或成为石碑

终究宁静得只有土，田拉相信土地，相信庄严的黑沾满那意犹

未尽的时光

田拉在停滞的风中打磨，并非深仇大恨，而是抗拒腐朽

以保持毛发和目光的锋利

5

田拉已经走远，他失去了山神的庇护，褪去了质地的黑，只剩

半残之舌

无从说起的矛盾，无从说起的眷恋和忧伤，不可掂量的灵魂……

都是夜间沉默千年的石头，在倾斜的梦中滚落，唤醒孤独的

荒野之鸟

这个世间，万物沸腾的声音重叠着，田拉挺直了腰，再次发出

自己的声音

曼

一个从未谋面的姑娘

走过我朦胧的田野

惊醒了细雨中蜷缩的翅膀

稻草人说，暖春将至

她躲过喧嚣的街头

跑过患得患失的梦

在这静谧的清晨，安身立命

早安，每个被善良敲醒的晨曦

曼，这世间总有从未谋面的陌生人

毫无顾忌地信任你

信任你手中轻捧的梦想和爱

信任你那沁人心脾的岛屿之家

芸芸众生间，大部分温柔的声音

来自没有敌意的清晨问候

来自一个姑娘，在餐桌上透露的喜悦

简洁的口音里，像极了曼本该拥有的生活

安 全

荒野里

一条蛇滑向远方

天空之河流进草的眼睛

昆虫用触角

传达符号

在即将抵达的路上

我蠕动着笨拙的身体

尽量保持轻盈

这一切，试图保持个体的

都在夜间放松了警惕

高 地

有一座山

必然高于我渴望的距离

截住来自天堂的光

也阻挡来自地狱的风

在平庸的日子里

那些显得突兀的高度

时常令我们孤独又愉悦

它耸立于欲念之巅

我平铺直叙

用我卑微的身体惦记

并以感性的目光

永远寻找，永不抵达

破 绽

风轻云淡的午后

我握住钓鱼竿

在荒凉的岸边，正襟危坐

这水里有没有鱼不重要

鱼钩上有没有鱼饵也不重要

等身边没有人的时候

我会跃入水中

然后像虎口逃生的动物

我逃脱了我的陷阱

这让我感到无比的愉快

我知道，这一切充满了破绽

但无关紧要

更愉悦的是，我收竿离岸

我放过了自己

雾中之行

像刚出壳的鸟

大山的宠儿

漫延了方圆十里的谷

故事的脉络已毫无可寻

只能逐步发现

每一处休闲的静谧之地

每棵树张开的毛孔

吞吐有度

这样的雾中

容易混淆清晨和傍晚

被风拨开的雾，一层层

我们说起方言，更加清晰

似乎有人对我说：

我不确定，但似曾相识

我也爱啊，被簇拥的清晨

更爱我缓缓的行踪，朦胧无边

梦游者

离开市井附庸的体

走向空白，闯入异域

蓝色的鱼，安详的浅湾

万物空荡之上，懒惰的光芒

软沙里镶嵌着贝壳

贝壳里锁着孤独的眼睛

一只蜻蜓忘记季节

但繁殖，是光荣的梦

我们都是陌生人，只在午夜

偷偷交换异质的愉悦

难以察觉自己

时间的支架足以支撑我

从白昼行至黑夜

不觉饥渴，也不觉寂寥

一切归于不充实的空

归于轻浮的辨别

以及悲观的时空概念

在混乱的语法中

我似乎保留了自己的阐述

可是，当被无形的事物包围

我就没有在场

难以察觉自己的行踪

便也难以察觉我是我的证据

宿 主

我推开身体的门
接纳悲伤的、荒诞的、沉默的
所有热爱我、附庸我或唾弃我的
都是客，敬之以酒
还有一些抽象、模棱两可的
不可命名的、深邃的
他们都需要坚硬的躯壳
我并非肩负神的指示和使命
但我深知宿主的命运
我一次次呈上自己悲悯的良心
成全突如其来的，迷茫的诉求
这一切，令我感到完整和充实
那些长久在我的身体中陈旧的事物
成为我的亲人，成为我的呼吸
我用多数独处的时光拥抱他们
令他们在这喧嚣的市井中保持安宁
宿主的命运，是接受万物寄生的命运
接受踏风而来，也接受摔门而去

故 乡

我们世代生活在这里

我们未曾背叛这里的山和水

我们说过的词语

都已在可爱的土地上生根发芽

在故乡，每个人活得真实自在

所有生命就显得弥足珍贵

在这里，我们获得名字

获得祝福和赞美

在这里，我们懂得馈赠和感恩

信仰并遵循自然的秩序

敬畏先祖的智慧和语言

无比怀念故乡的天空

怀念杂草丛生的王国

怀念夜深孤独嚎叫的狼

但如今，我终究不如

回到故乡，我用清晰的母语

再次唤醒那些曾经被我命名的花草

如果深情凝望，他们是否还能认得

墙

这是一堵厚厚的墙

布满了青苔，布满了面孔

疾驰的风在这里葬送了自己

却未曾留下名字和故事

绕行千年的人 ，也不曾将它毁灭

这是一堵无形的墙，在你我之间

我们渴望同情，渴望互相拥抱

但不能翻越，没能翻越

依稀听见你的祈祷，我也多次呼唤你

这是一堵隔离的墙，布满了刺

手无寸铁的人站在一起

透过缝隙，看见了遥远的城堡

一面寒风刺骨，一面春光明媚

这是一堵厚厚的墙，千年不倒

墙角，勤劳的蚂蚁，在这里打洞

荞麦地里的歌声

荞麦饱满的颗粒放松了戒备

在落日的余晖里低声歌吟

一只迷路的松鼠走进了荞麦地

在六月的海里，忘记自己的姓名

麦地里的歌声如此委婉动人

收割的女人们也情不自禁唱起

微风如此清爽，我们如此幸运

背上熟睡的孩子，在梦中分享乳汁

一只鸟在树梢，轻吻自己的爱人

他们咬文嚼字，传递荞麦地里的歌声

越过山冈，越过河流

在更远的远方，安抚失声痛哭的人们

六月的荞麦地里

我们更喜爱自己普通的身份

忘记那些不值得我们怨恨和妒忌的事物

我们拿起镰刀，歌唱丰收的喜悦

我需要一间草屋

当我的脸上布满了皱纹

不顾世间的繁华老去

我就不再痴迷于遗憾的事物

只求回到我心爱的地方

在晴朗的午后，孤身归来

世界如此辽阔无边

而我只在乎眼前的风景

热爱和珍惜这里的每个四季

拥抱每一座山，每一条河

在杳无人烟的远方

我需要一间草屋

来遮蔽年老的身体和寂寞

并将我的灵魂安置于此

我要生起昼夜不熄的火堆

用洁白温暖的羊皮盖住身体的冷

安静地听风赏雨

观察大自然循环不死的规律

我早已饱受了时间的考验

献出智慧和勇气，并尝试赎罪

乐此不疲地追求完整的事物

现在，我需要一间草屋

安度我的晚年

在大自然的簇拥下，归还自己

我知道，尘世间最大的快乐

是同雪融化，或化土为泥

我渴望

我渴望

你突然探出窗口看见

我手中举向你的玫瑰

不枯萎也不鲜艳

我渴望

你穿过鱼塘

跑过细雨躲进我的伞内

不宽敞也不拥挤

我渴望

你站在残垣窸窣的

未来殷切地等待

不猜忌也不懊恼

我渴望

你抛开一切悖论与阴霾

和我热烈相拥

不动摇也不苛刻

我多么渴望

我们一起寻找天涯海角的余晖

写下所有的海誓山盟

不搁浅也不疲惫

我多么渴望

我们一起追随海天相吻的地方

许下千年不老的愿望

不沧桑也不靡颓

我多么渴望

我们一起分享逐日逼近的龙钟

不佝偻也不愁楚

油菜花开错了季节

一方密致，一方暌离

而我只渴望，你淡淡的妆

恰好点亮我的天空

我只有半边贝壳

我只有半边贝壳

用信笺的方式赠予你

我止于沙滩

半边贝壳不足以成为眼睛

看不见掉进海里的光

但你说在远方，月亮是眼睛

你依然为我梳妆打扮，翩然起舞

我只有半边贝壳

而海水不可斗量啊

伟大的造物不曾给我偏爱

你在远方，眼里盛满了海水

我只有半边贝壳

是走向你时孤独的钥匙，推门而入

不一样的夜色

当夜幕降临

我喜欢躲在自己的身后

像一只猫，窥探自己

每晚夜色不尽相同

便也有千万个我

但这并不矛盾

与我始终如一的灵魂

在每个不一样的夜色中

我不曾忘记提醒自己

和质问自己

那些残酷的事物

有没有令我勃然大怒

那些悲悯的事物

有没有引起我的恻隐之心

我想，我应该如此

岑寂的夜空

只有一颗启明星

但我不贪图鲜明的个性

我只需和大多数人一样

在这不一样的夜色中进入梦乡

果 实

我们在秋风中咬紧牙关

我们身上结满了果实

我们过于在乎瓜熟蒂落的真理

我们不敢摘下果子

路上的行人也只能望梅止渴

他们怨声载道，低头行走

其实，他们身上也硕果累累

我们都过于谨慎和纠结

我们不敢摘下身上的果实

"秋天深了"，只有时间在狼吞虎咽

捉迷藏

——献给我的故乡

我迷恋于和世界玩捉迷藏

而且固执

在我找到它之前

务必先找到我

在这个被世界遗忘的村庄

我莫名感到自信和安全

站在庄稼地里

熟悉的秸秆堆是剩余的劳动

粮食的脉络和味道

还有村庄和牛羊的影子

我选择把自己藏在这里

毫无保留，毫不犹豫，毫无暴露

可能是因为过于偏僻

或是我过于渺小

世界未曾找到过我

但是，我已经找到了它

保持距离

他在我的眼前
陷入了不能自拔的困境
我擦干双手，试图扶起

我的喉咙充满沉甸甸的词
千钧一发，但我陷入了困境
终究不敢冒昧他的悲伤

我怀疑自己自私又虚伪
在他的伤口演绎自己的主义
这多么可耻，多么荒诞

他撕心裂肺痛哭着
不强求感同身受，但我流下泪
而关于他的悲伤，出于尊重
我暂时保持必要的沉默的距离
可能是因为过于偏僻

彝历年的柴火

彝历年前，我和父亲按照惯例

上山砍树，筹备过年的柴火

我们选择了一棵树，树上没有鸟巢

父亲绕了一圈，举起斧头

树按照应倒的方向，轰然落地

父亲观察一圈，关心被伤及的无辜的树草

我们坐下时，他一再叮嘱要低声说话

我瞬间感到神秘的力量布满了四周

我甚至偷偷请求这种力量的宽恕

父亲抽完他的烟卷后，一口气肢解了树

当我们准备离去时，他扯来一把青草

盖在树桩上，像是捂住一块流血的伤口

同时，我记得父亲的嘴上还念念有词

大概听到了关于过年祈福的词

但是，我也深深怀疑父亲也请求了宽恕

回家的路上，父亲继续讲道

山头禁砍的树林，以及流血的藤条

送 别

一趟火车驶向了远方
一群永远消失的面孔

我们来不及超度
雪花已落满了南山

那些天使，排着长长的队
夜莺点到的名字，上前一步
认领自己的过往

老　鹰

它喜欢险峻的山峰

山的高度如同它的尊严

而它的尊严也是山的尊严

一座没有老鹰的山

显得轻率，显得空洞

长辈从小告诉我们

老鹰托付给麻雀的蛋不能亵渎

这是一个禁忌

也是对诞生应有的敬畏

我们一生都在学习一只老鹰

争取足够的高度和视野

来获取我们的猎物

在半空盘旋不下时

心里却装着明确的目标

它拥有自己的山脉

并成为这个山脉的眼睛

猴 疫

二十年前

一场灾难弥漫了我们的村庄

孩子们咳坏了嗓子和肺

村里已经失去了几个体弱的儿童

老人说这是来自猴子的传染病

万物有根，有根便能除

我和父亲在遥远的山洞

找到了猴子的头颅

将它带回村庄，放在井口

我们的族人用它盛满了水喝下

以最荒蛮的方式，热爱生命

同时，毕摩用青色的草编织猴子

然后用经书里的咒语将它诅咒和毁灭

父亲告诉我，我们其实热爱猴子

但我们永远唾弃和诅咒它身上的病毒

本 我

我的右脚

已经跨进夜的门槛

离我本真的面目很近

我发现了真理

独自挥霍

我用一只眼睛

迎接黎明

无数个太阳正在升起

它们都是我的眼睛

混沌中，上帝的容颜显现

起风了，云朵散开

我举起双手

大声呼唤自己的名字

我听见自己，回声跌宕

黄　昏

黄昏，牧羊人在点数

或多或少，数错了两次

一只幼小的绵羊

计数着自己的步子

安静地跟紧了它的母亲

路边一棵孤独的树上

有只咳嗽不停的鸟

小孩在树下，空手向它开了三枪

西边晒得通红的太阳

正在绕开一朵游手好闲的云

然后轻轻放下双脚

在连绵起伏的山头，害怕摔了跟头

一颗顽皮的星星迫不及待

试图篡改出门的时间

它掀开黄昏的布帘，探出头来

我坐在院子，正在幻想沉入深深的海底

火车开往何处

一列火车

反复经过我的门口

我反复上车

不知道火车开往何处

车上张望的面孔

已经并不陌生

但不知道火车开往何处

一只老虎尾随我

踏上火车

但我不能指望一只老虎的方向

我们不知道火车开往何处

我达到自己的终点，目送他们

不知道火车开往何处

但我知道，在不远的地方，森林密布

失足的名义

黑色的马被汗水和泥土浸透

已经失去了颜色

我不忍心想象它跪倒又爬起的样子

它拖着沉重的木头和命运

在泥泞的山路留下痕迹

主人的鞭子如同闪电般鞭笞着皮肤

它拖着沉重的木头和身子

无数次经过这个悬崖，无数次犹豫

今天，它终于以失足的名义

结束了自己漫长的苦难，坠身谷底

在主人的手机视频记录下，解脱

以失足的名义，它看见了光

光里有一望无际的草原

面 纱

亲爱的姑娘

别信赖我

别为我揭开你的面纱

平庸的岁月，怎么舍得

独自占有完全真实的你

我永远迷恋你戴着面纱的脸

但我喜欢残忍地幻想

面纱下洁白的雪、金色的沙

都是我生命中缺失的部分

我永远渴望揭开你朦胧的面纱

为此，在起风的日子

我经常感到困惑不安

静

在热闹的地方

我经常听到自己破碎的声音

从感同身受的角度

我也应该保持静默，以爱他人

大多的心灵经不起喧嚣的侵犯

他们饱受了自己的战争

失去了自己的家园

在热闹的地方，容易破碎

星辰之美在于静寂的品质

仰望的人，不以热血沸腾的句子赞美

黎明升起的太阳，未曾惊扰万物

它燃烧自己，但收紧自己的星火

落叶归根之季

我们望穿秋水，等待故人

我们不愿提起旧事和沉寂的思念

站在自己的领土，守住只言片语间的孤独

狗尾巴草

我不知道狗尾巴草象征爱情

我并没有将它编织成戒指

戴在爱人的手上

因为像极了狗的尾巴

我将它编织成一只狂野的狗

追逐我爱的姑娘

哦，那时我并不知道爱情

只是众多的女孩中

我喜欢把她当成自己的猎物

而众多的猎狗中

她只挑衅我的凶猛："咬不着我！"

如今，我真的发现我没有咬住

在狗尾巴草盛长的地方

我害怕跟她偶遇

害怕她再次挑衅："咬不着我！"

彩 排

为了演绎自己的一生

我们搭建自己的舞台

不舍昼夜地彩排

练习遗忘、练习接受

练习克服自己和他人

尘世间受难的、解脱的

都是我们相关的剧情

在不可捉摸的爱恨中

收获伤痕和惊喜

生命中未知的部分

都是我们演绎的目标

但每个人的方式千差万别

有人为生、有人为死

在拥挤的彩排地

闯入别人的剧本

也是我们勤劳彩排的部分

食 物

我是我的物质

在时间的场

我不仅啃食土地

我也挑剔自己的骨头

一只黑色的豹子

潜伏在黑暗中

观察我的流动的血液

在食不果腹的寒冬

我忘了告诉它

我是我设计的诱饵

这场略胜一筹的窃喜中

出人意料

天空吞没了我们

脚 印

这一天，万物的足迹斑驳

在黄昏的祝词中

它们都陆续回到自己的居所

大象和土豆的脚印是圆的

天空和河流的脚印是蓝色的

风和云的脚印是静止的

……

只有岩壁里的图腾

在黄昏的祝词中移动了一步

便误入历史的迷宫

一去不返，无人问津

这个冬天，我足不出户

在黄昏的祝词中

我走进自己的身体

来回彷徨，留下深深的脚印

冬雪覆盖之后，春来，芳草萋萋

收 尾

我不断地误读自己

并在这样的错觉中扶正姿态

一个立场上，获得过胜利

我难免沾沾自喜

但是不能因此放过自己

那些不仅是天方夜谭的话

都将成为我的天职

我知道，这事无关宇宙的秩序

只是我应该更加热爱自己

在干燥的林中，守住自己的火

我应辛勤耕耘，热爱土地

秋天之后，把手中剩余的粮食

递给沦落的天涯之人

然后借明月之眼，拿出粗糙的黑字

翻来覆去，阅读自己，阐释自己

后 记

回顾自己的写作历程，已有十余载了，功成名就并非我的写作意图，写作给我带来前所未有的愉悦感，这才是关键。我的创作比较自由散漫，不刻意为之，虽然一定程度上影响了作品的"产量"，但这就是我最理想的状态。

有时候，我也问自己：到底为了什么而坚持创作？是为了探求真理？是为了揭露人性？是为了歌颂光明？诸如此类。我想说，这些都不是，并且我得承认我的作品并没有具备或体现如此伟大的品质和抱负。说实话，我的创作并没有很明确的目的，只不过是率性而为。但是可以换个角度问：是什么让我创作？这是写作的资源问题。这时候，我可以坚定自己的观点：是我的故乡！包括关于故乡的一切人、事、物，都让我情不自禁，让我动容。

海德格尔说："诗人的天职是返乡。"我更看重这句话里面所蕴含的故土情怀，而不是职责问题。故乡给了我一切的创作灵感和意识，我试图用写诗的方式来表达对故乡土地和生命的热爱。我们应该把自己最熟悉的、最热爱的、最真实的事物传递给别人，这是最基本的尊重。当然，这本诗集中描述的内容不仅是故乡，还有其他的题材与内容。但是，故乡才是我的主体枝干，其余的都是叶子和花朵。

作为一个热爱诗歌并坚持创作的人，能有一本属于自己的诗集是幸福的。我一直满怀期待，直至今日。感谢我的导师谭五昌先生，一直如亲人般关心和支持我。我是幸运的，这本诗集是他送给我的最好的毕业礼物，给了我莫大的惊喜和鼓舞。在跟谭五昌先生相处的三年时光中，我看到了他对中国当代诗歌事业的执着与热情，同时也见证了他的成绩和贡献，我受益匪浅，也很感动。另外，我借此机会感谢我在西南民族大学就读本科时的彝学学院院长阿库乌雾（罗庆春）老师，他是我最敬重的人。在他的鼓励下我才考取了研究生，走向更大的舞台，拓宽了视野，也是他教会了我如何爱护和尊重自己的文化，如何更有尊严地活着，而这些都和我的诗歌表达息息相关。最后，我也诚恳地向出版本诗系的出版社和责任编辑表达我的感谢和敬意！正是有了你们的勤劳付出，才让我的诗集能够顺利出版。

吉候路立

2020 年 2 月 28 日